Grand Salon
Bibliotheque
Cabine de
Orgue
Nemo
Passerelle
Cabines des passagers
Hune
PP. AV

JULES VERNE

REISEN

DIE GEHEIMNISVOLLE INSEL

UNTER DEM MEER

Szenario:
FRANÇOIS RIVIÈRE
Zeichnungen:
SERGE MICHELI
Farben:
MÉLANIE DUPAS

Nach dem Roman von:
JULES VERNE

ehapa COMIC COLLECTION EGMONT

„Jules Verne: Reisen unter dem Meer – Band 2: Die geheimnisvolle Insel"
Von François Rivière und Serge Micheli
Nach dem Roman „Die geheimnisvolle Insel" von Jules Verne
Aus dem Französischen von Bernd Leibowitz
Originaltitel: „Voyage sous les eaux – L' île mystérieuse"

Auflage 2005
EHAPA COMIC COLLECTION
Verlegt durch
EGMONT vgs verlagsgesellschaft mbH
Gertrudenstr. 30-36
50667 Köln
Verantwortlicher Redakteur: Wolf Stegmaier
Redaktion: Helene Hecke
Grafik: Wolfgang Berger
Lettering: Gross & Dinter
Koordination: Nadin Kreisel
Buchherstellung: Angelika Rekowski

Printed in the EU
ISBN 978-3-7704-2945-1

www.vgs.de

LONDON...
BRITISH MUSEUM...

WO VERSTECKST DU DICH, VERRÄTER? ZEIG DICH...
ICH TU DIR JA NICHTS!
DA BIST DU JA!
SCHLÄGST DIR IMMER NOCH DEN BAUCH MIT BÜCHERN VOLL! SCHRECKLICHE ANGEWOHNHEIT!
WAS TUN SIE HIER?
CHTAK!

DIE BUCHT VON NEAPEL, FRÜHLING...
IST ES NOCH WEIT?
Kapitel Sechs
DAS TOR ZUR HÖLLE

NUR MUT, SIGNORA! EINE LETZTE ANSTRENGUNG NOCH!
MEIN FREUND ARMANDO ERWARTET UNS IN SEINEM RARITÄTENLADEN IN DER VIA SAN BENEDETTO... EIN SEHR MISSTRAUISCHER BURSCHE...
WISSEN SIE, MIR SCHWIRRT EIN WENIG DER KOPF SEIT UNSERER ANKUNFT IN NEAPEL... NACH ALL DIESEN ZWISCHEN-STATIONEN...
ABER, ABER PRINZESSIN! DIESE ABGESCHLAGENHEIT IST DER BRILLANTEN JUNGEN FRAU, DIE ZU BEGLEITEN ICH DIE EHRE HABE, GAR NICHT WÜRDIG...

EIN AQUARIUM, WIE REIZEND...
ICH HABE AUSGEZEICHNETE NEUIGKEITEN FÜR SIE, PRINZESSIN. EIN SCHAUSPIELER VON ÜBERRAGENDEM TALENT TRITT HEUTE ABEND IM TEATRO SAN CARLO AUF... WIR TREFFEN IHN NACH DER VORSTELLUNG IN SEINER GARDEROBE...
UM WAS FÜR EIN STÜCK HANDELT ES SICH DENN?
SIE WERDEN SEHEN!
SOLL DAS VIELLEICHT EIN SCHERZ SEIN?
LE PORTE DELL' INFERNO
DI MILANO

WAS FÜR EINE
UMWERFEND!
WO SPIELT DAS GANZE?
AUF DER INSEL... ÄH... LINCOLN... EIN ERFUNDENER SCHAUPLATZ, SO VIEL ICH WEISS, MEINE LIEBE...

SONO IO IL TERRIBILE CAPITANO!!!
HA HA HA HA HA HA HA HA!!!
EINE INSEL NAMENS LINCOLN... DER NAME ERINNERT MICH AN ETWAS. ICH HABE VON EINER INSEL GETRÄUMT...
IN MEINEM TRAUM SPRACH EIN BÄRTIGER MANN!
ABER MEINE LIEBE, DAS IST DIE ERFINDUNG EINES SCHRIFTSTELLERS!

ELENDER WURM! DU HAST ES GEWAGT, MEIN GEHEIMES VERSTECK AUSZUKUNDSCHAFTEN!!!
ICH HÄTTE DICH
SOLLEN!
DOCH DAS SPIELT KEINE ROLLE MEHR... ICH STERBE, UND DIR WIRD ES NICHT BESSER ERGEHEN!
WIR SIND VERLOREN!!!

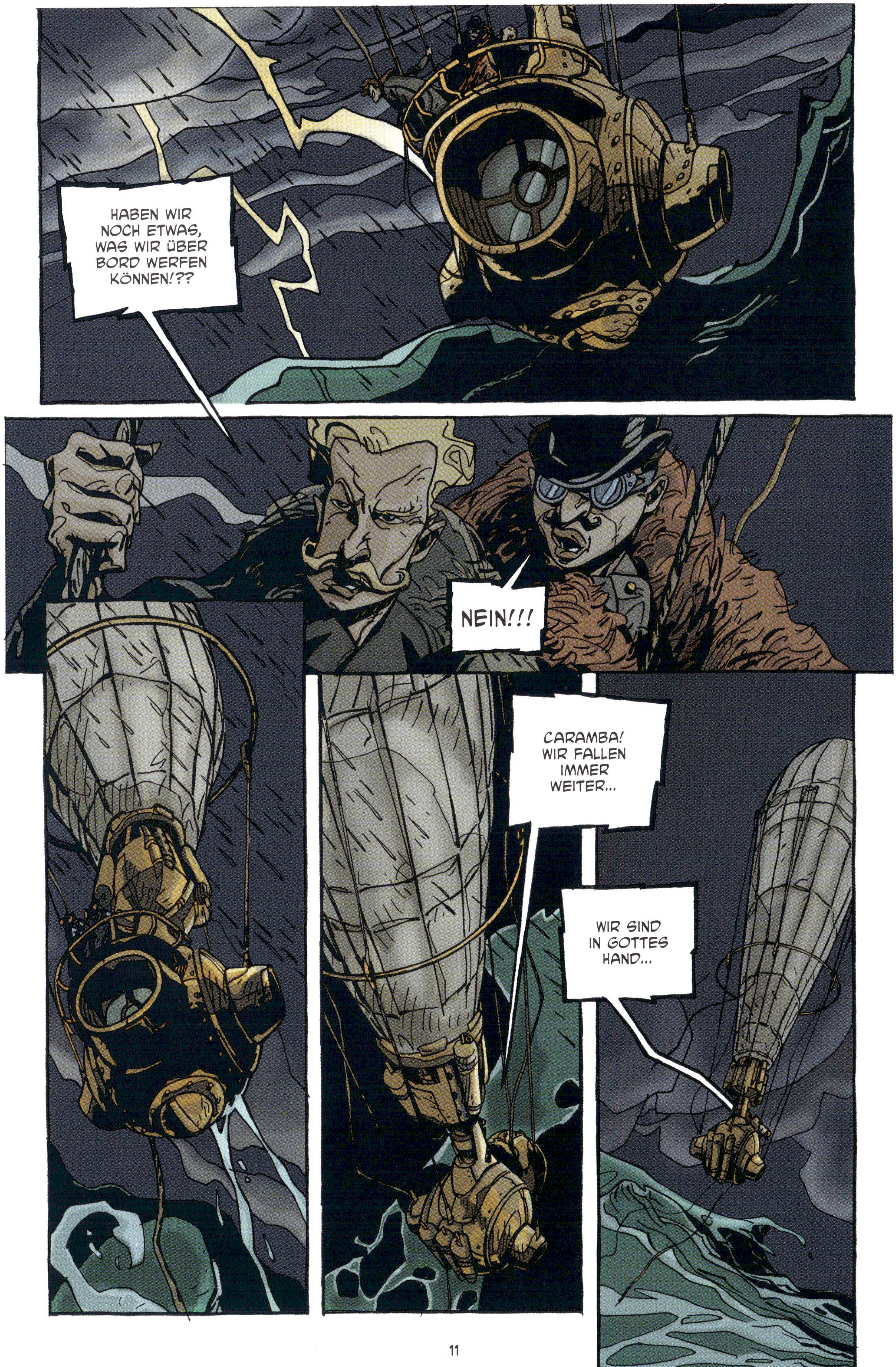
HABEN WIR NOCH ETWAS, WAS WIR ÜBER BORD WERFEN KÖNNEN!??
NEIN!!!
CARAMBA! WIR FALLEN IMMER WEITER...
WIR SIND IN GOTTES HAND...

BUONGIORNO, SIGNOR SORDINI! IHR SPIEL WAR AUSSERGEWÖHNLICH! ES HAT MICH SEHR AUFGEWÜHLT...
ALBERTO, NENNEN SIE MICH ALBERTO, SIGNORINA... DAS STÜCK IST DOCH NUR EINE SCHMIEREN-KOMÖDIE. WENN ICH GEWUSST HÄTTE, DASS SIE IM SAAL SIND, HÄTTE ICH MEINE ANSTRENGUNGEN VERDOPPELT!
ICH TUE MICH SCHWER, DAS ALLES ZU VERSTEHEN... WAS SIE GESPIELT HABEN, HAT IN MIR EIN ECHO ERWECKT... ICH KANN ES NUR SCHLECHT AUSDRÜCKEN... ES IST SO HEISS HIER...
SIE MÜSSEN SIE ENTSCHULDIGEN, MAESTRO. IHRE NERVEN SIND ANGESPANNT... SIE HAT SEIT TAGEN NICHT GESCHLAFEN.
ICH WEISS, WER DER BÄRTIGE IST, DER DURCH DEINE TRÄUME GEISTERT...

ZUR GLEICHEN ZEIT...
... IN LONDON...
!?
... PIERRE ARDONNAX?! WAS STECKT NUR HINTER DIESEM SCHERZ?!
EIN PLAGIAT! MAN HAT MICH BESTOHLEN!!
ARDONNAX, EINE FIGUR, DIE ICH ERFUNDEN HABE! DAS SCHRIFTSTELLER-LEBEN STECKT VOLLER ÜBERRASCHUNGEN UND FALLSTRICKE!

SO EIN VERFASSER IST GEWÖHNLICH EIN LESER, DER DAS WERK AUF SEINE ART NOCH EINMAL SCHREIBT. ABER EINE ROMANFIGUR?!!
GENTLEMEN, LASSEN SIE MICH AUSFÜHREN, WARUM DIE GESELLSCHAFT, DIE SIE HEUTE BEEHREN, UNSEREN FRANZÖSISCHEN FREUND EINGELADEN HAT...
NATIONAL GEOGRAPHIC SOCIETY...
... DER DURCH SEINE WERKE BEKANNT GEWORDEN IST: PIERRE ARDONNAX, PIONIER DER TIEFSEEWISSENSCHAFT UND AUTOR EINES GEFEIERTEN UNTERSEE-ROMANS!
BEGRÜSSEN SIE IHN BITTE HERZLICH!
BRAVO!!!
MEINE HERREN, ICH BITTE SIE, ERSPAREN SIE MIR IHRE OVATIONEN! ICH MÖCHTE SIE AN DIE TRAGÖDIE ERINNERN, DIE UNS ALLEN GEGENWÄRTIG AUF DER SEELE LASTET. ICH SPRECHE VON DER SMITH-MATARASO-EXPEDITION!
JA! SPRECHEN WIR DAVON!
BRAVO!
BRAVO!!

DIESE MÄNNER, DER EXPEDITIONSLEITER DR. CYRUS SMITH UND SEIN ARGENTINISCHES PENDANT ANTONIO MATARASO, HABEN CHILE VOR DREI WOCHEN VERLASSEN...
... SEITHER HABEN WIR KEINE NACHRICHT MEHR VON IHNEN... SIE SIND AUFGEBROCHEN, EIN BISHER UNBEKANNTES STÜCK DER PAZIFISCHEN KÜSTE ZU VERMESSEN. WOMÖGLICH HABEN SIE IHR ZIEL ERREICHT, SIND ABER DANN IN GEFAHR GERATEN. DÜRFEN WIR SIE IHREM SCHICKSAL ÜBERLASSEN?
WAS SCHLAGEN SIE VOR?
WIE WOLLEN SIE IHNEN ZU HILFE KOMMEN?
ICH STELLE JETZT UND SOFORT DIE GESAMTEN EINNAHMEN MEINES BUCHES „DIE REISE UNTER DEN MEEREN" FÜR EINE RETTUNGSEXPEDITION ZUR VERFÜGUNG!
ES LEBE ARDONNAX!
DAS IST EIN WORT!
ES LEBE ARDONNAX!
EINE NACHRICHT FÜR PROFESSOR ARDONNAX...
DANKE, ICH WERDE SIE IHM GEBEN.
HMM... SCHADE, WIR KÖNNEN HEUTE ABEND NICHT ZUSAMMEN SPEISEN...

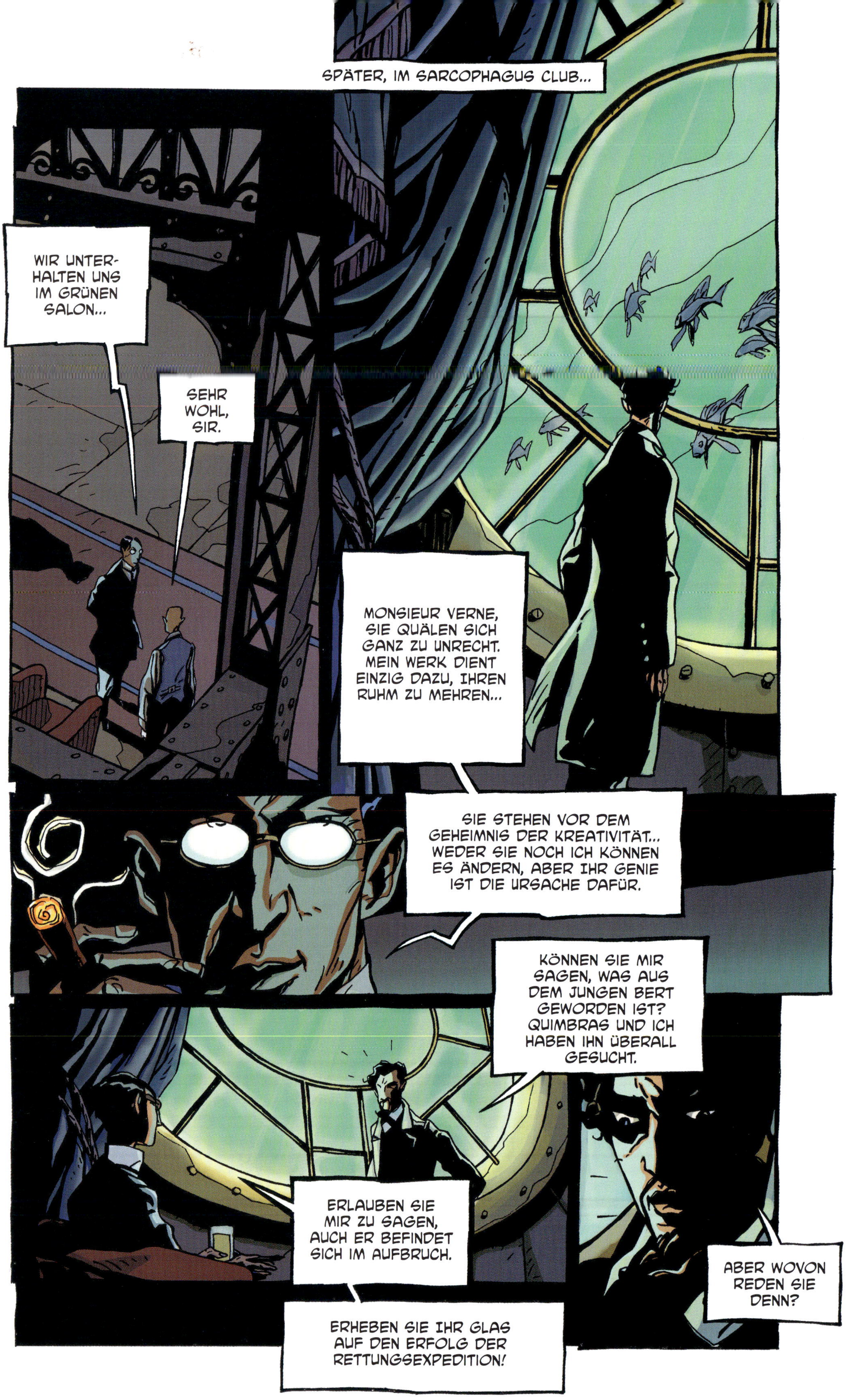
SPÄTER, IM SARCOPHAGUS CLUB...
WIR UNTERHALTEN UNS IM GRÜNEN SALON...
SEHR WOHL, SIR.
MONSIEUR VERNE, SIE QUÄLEN SICH GANZ ZU UNRECHT. MEIN WERK DIENT EINZIG DAZU, IHREN RUHM ZU MEHREN...
SIE STEHEN VOR DEM GEHEIMNIS DER KREATIVITÄT... WEDER SIE NOCH ICH KÖNNEN ES ÄNDERN, ABER IHR GENIE IST DIE URSACHE DAFÜR.
KÖNNEN SIE MIR SAGEN, WAS AUS DEM JUNGEN BERT GEWORDEN IST? QUIMBRAS UND ICH HABEN IHN ÜBERALL GESUCHT.
ERLAUBEN SIE MIR ZU SAGEN, AUCH ER BEFINDET SICH IM AUFBRUCH.
ERHEBEN SIE IHR GLAS AUF DEN ERFOLG DER RETTUNGSEXPEDITION!
ABER WOVON REDEN SIE DENN?

EINE EXPEDITION IST VON CHILE AUS LOSGEFAHREN UND HAT EINE GEHEIMNISVOLLE INSEL ENTDECKT. WIR SIND DERZEIT OHNE NACHRICHT VOM EXPEDITIONS-LEITER PROFESSOR SMITH UND SEINEM ARGENTINISCHEN ASSISTENTEN MATARASO.
ACH! ICH VERSTEHE...
EIN STURM MUSS DER GRUND FÜR IHRE WAGHALSIGKEIT SEIN... VIELLEICHT BEFINDEN SIE SICH AUF DIESER INSEL AM RANDE DES HUNGERTODES...
WER WEISS...?
WENN ICH BEDENKE: NEMO! ... WAS WURDE AUS IHM? SPIELT ER VIELLEICHT EINE ROLLE IN DER GESCHICHTE?!
ICH WEISS NICHT, WAS SIE DAMIT SAGEN WOLLEN. MATARASO UND SMITH WAREN ZU ERNSTHAFTEN KARTO-GRAPHISCHEN FORSCHUNGEN AUFGEBROCHEN...

JETZT SIND WIR SEIT VIER TAGEN AUF DIESEM STÜCK LAND... WENN GOTT UNS SCHON VERLASSEN HAT, SO HOFFEN WIR, DASS UNSERESGLEICHEN ALLES TUN WERDEN, UM UNS ZU RETTEN!
WAS FÜR EINE SELTSAME LANDSCHAFT! DIESER RAUCH WIRD DOCH WOHL KEINEN VULKANAUSBRUCH ANKÜNDIGEN...
WIE GEHT'S IHNEN, MATARASO?
DAS FIEBER LÄSST NACH... MORGEN WERDEN WIR WOHL ANFANGEN KÖNNEN, DIE INSEL ZU ERFORSCHEN...
MACHEN WIR UNS BEREIT, DAS LAGER AUFZULÖSEN... UND SAMMELN DIE RESTE UNSERER MASCHINE EIN. VIELLEICHT KÖNNTEN WIR SIE NOCH BRAUCHEN...
ICH GLAUBE, SIE BEREITEN SICH ZUM AUFBRUCH VOR... SIE HABEN WOHL NEUE KRÄFTE GESAMMELT...

HMM... ES IST BESSER, WIR SIND VORSICHTIG, SONST...
WEISST DU, WAS PLATON ÜBER DIE UNTERGEGANGENEN VÖLKER GE-SCHRIEBEN HAT?... WÄRE DAS KEIN HINWEIS?

SIE SOLLTEN IN IHR HOTEL ZURÜCKKEHREN, MONSIEUR VERNE. ES WIRD SPÄT.
HALT AN, KUTSCHER!
MEIN GOTT! WAS IST DENN DAS FÜR EINE KREATUR!?
FAHREN SIE WEITER! SCHNELL!
KEIN ZWEIFEL, DAS IST EIN ZEICHEN... SCHON MORGEN KEHRE ICH NACH AMIENS ZURÜCK!

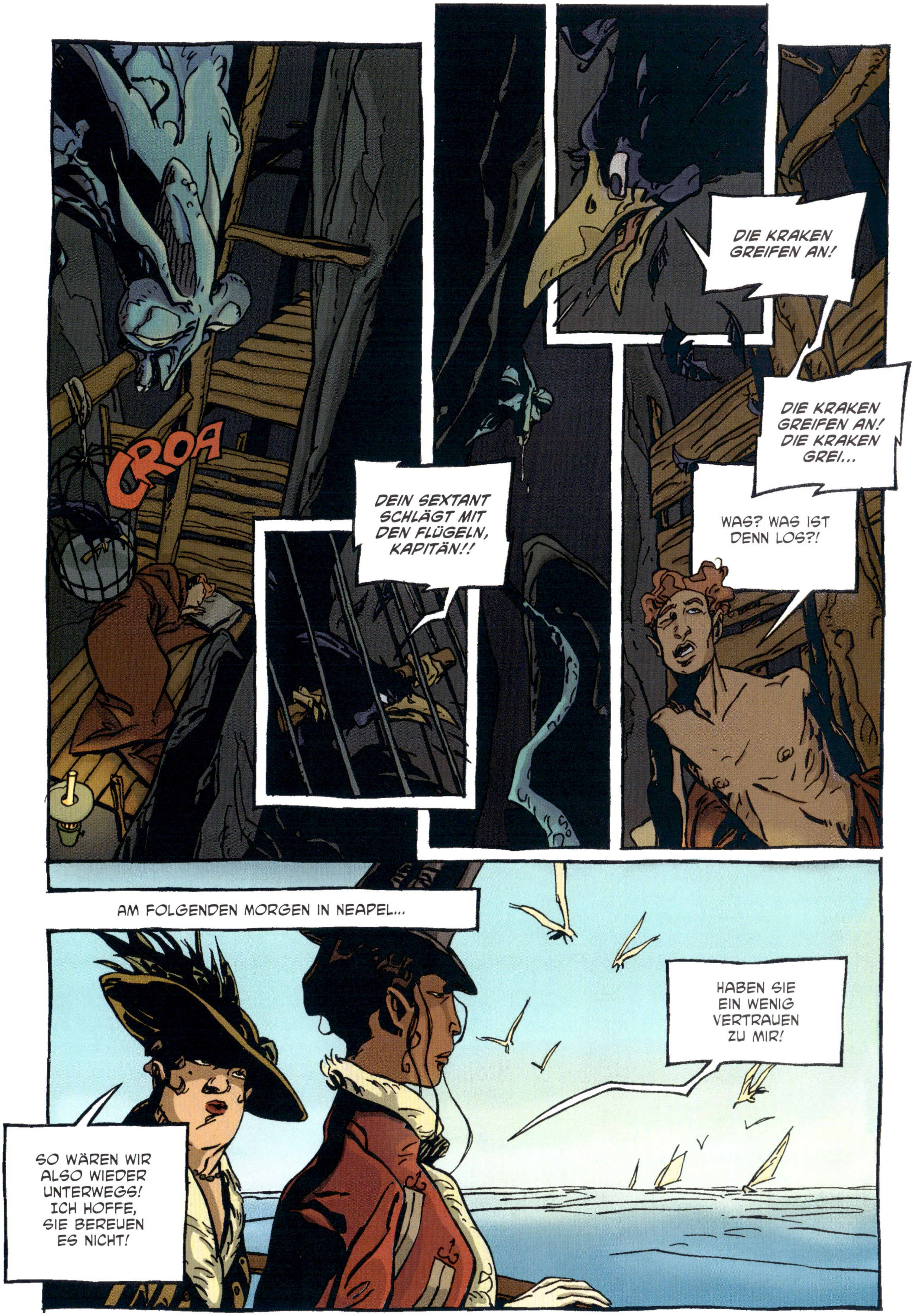
CROA
DEIN SEXTANT SCHLÄGT MIT DEN FLÜGELN, KAPITÄN!!
DIE KRAKEN GREIFEN AN!
DIE KRAKEN GREIFEN AN! DIE KRAKEN GREI...
WAS? WAS IST DENN LOS?!
AM FOLGENDEN MORGEN IN NEAPEL...
SO WÄREN WIR ALSO WIEDER UNTERWEGS! ICH HOFFE, SIE BEREUEN ES NICHT!
HABEN SIE EIN WENIG VERTRAUEN ZU MIR!

„... DIESE REISE MARKIERT EINEN WEITEREN SCHRITT AUF DEM WEG ZUR WAHRHEIT MEINES LEBENS..."
TUUUT!
„BIS HIERHER HATTE ICH DEN EINDRUCK, ALS WÜRDE ICH MICH AUF ALLERLEI UMWEGEN BEWEGEN, ICH HÖRTE DIE EINFLÜSTERUNGEN VON MENSCHEN, DIE SICH MIR NUR ZU DEM ZWECKE NÄHERTEN, MIR FALLEN ZU STELLEN..."
TOC! TOC!
JA. WER IST DA?
„DIE WÜRFEL SIND GEFALLEN... DAS BILD DER INSEL HAT SICH IN MIR FESTGESETZT, UND ICH TREIBE LEICHTEN HERZENS MEINEM SCHICKSAL ENTGEGEN..."
SIGNORA, DER KOMMANDANT NICOLAI HAT EIN KABEL FÜR SIE EMPFANGEN.
„NICHTS WÜRDE MIR MEHR VERGNÜGEN BEREITEN, ALS JEMANDEN VON SO HOHER HERKUNFT WIE SIE AUF MEINEN LÄNDEREIEN EMPFANGEN ZU DÜRFEN, PRINZESSIN. GLEICH NACH IHRER ANKUNFT IM SICHEREN HAFEN STEHE ICH IHNEN JEDERZEIT ZUR VERFÜGUNG."

HE SIE! BRINGEN SIE MICH ZUM KOMMANDANTEN...
HÄTTEN SIE EINEN AUGENBLICK ZEIT FÜR MICH, KOMMANDANT?
ICH KANN DIE UNTERSCHRIFT AUF DIESEM TELEGRAMM NICHT ENTZIFFERN.
DIE NACHRICHT WURDE MIR VOR DEM ABLEGEN VON EINEM DIENER IN EINER KUTSCHE MIT GEPANZERTEN TÜREN ÜBER-GEBEN... BEDAURE, ABER MEHR WEISS ICH AUCH NICHT.

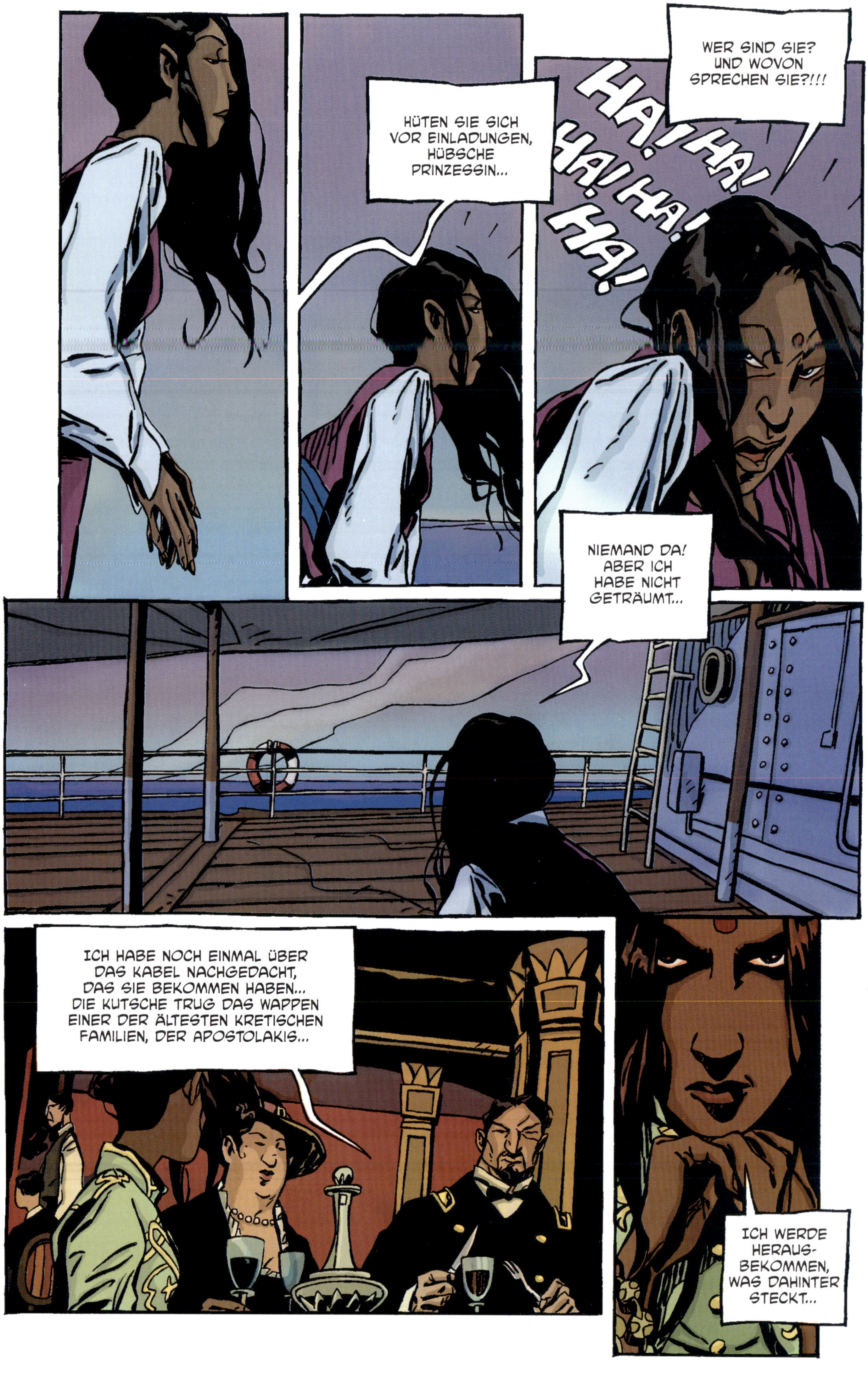
HÜTEN SIE SICH VOR EINLADUNGEN, HÜBSCHE PRINZESSIN...
HA! HA! HA! HA! HA!
WER SIND SIE? UND WOVON SPRECHEN SIE?!!!
NIEMAND DA! ABER ICH HABE NICHT GETRÄUMT...
ICH HABE NOCH EINMAL ÜBER DAS KABEL NACHGEDACHT, DAS SIE BEKOMMEN HABEN... DIE KUTSCHE TRUG DAS WAPPEN EINER DER ÄLTESTEN KRETISCHEN FAMILIEN, DER APOSTOLAKIS...
ICH WERDE HERAUS-BEKOMMEN, WAS DAHINTER STECKT...

SICHER. INZWISCHEN SCHLAGE ICH VOR, DASS WIR UNS IN DEN RAUCHERSALON BEGEBEN!...
WISSEN SIE, WER DER KIRCHENMANN DA HINTEN IM SAAL IST?
ES HANDELT SICH UM EINEN ANGLIKA-NISCHEN PFARRER. ER FÄHRT NACH KRETA WIE SIE.
UND WIE IST SEIN NAME?
HMM... FATHER DUNCON. SIE SIND SEHR NEUGIERIG...
ER ERINNERT MICH IRGEND-WIE AN JEMANDEN...
EIN HARMLOSER DIENER GOTTES. ICH GLAUBE, VON DEM HABEN SIE NICHTS ZU BEFÜRCHTEN.
DA BIN ICH MIR NICHT SO SICHER...

RUHEN SIE SICH AUS, MEINE SCHÖNE...
DIE ZEIT WIRD KOMMEN, DA DU DIE SCHRECKEN EINES NEUEN STURMS KENNEN LERNEN WIRST...
„NEUER STURM..."
„DU WIRST MIR GEHÖREN..."
„VON NEUEM..."

ICH HABE AUF DER ÜBERFAHRT EIN BUCH ÜBER KRETA UND SEINE ERSTAUNLICHE VERGANGENHEIT GELESEN... SEHEN SIE SICH VOR, PRINZESSIN...
OH! SCHAUEN SIE NUR!!

CARA MIA! WAS TUN SIE!?! WARTEN SIE AUF UNS!!
ATALANTA
WENN EURE EXZELLENZ MIR FOLGEN WÜRDEN...

WOUFFF!!!!
DAS WAR NUR EINE ILLUSION, MEINE LIEBE! HA! HA! HA!
SIE!?! WAS TREIBEN SIE HIER?
DASSELBE WIE SIE, PRINZESSIN... DAS TELLURISCHE KLIMA DIESER INSEL SCHIEN MIR ANZIEHEND...
MADONNA! SCHON WIEDER EIN UNWOHLSEIN!
AVANTI! NICHTS WIE FORT VON HIER!
SIE ENTKOMMT MIR NICHT!

SCHAU AN! DER KOPF-SCHMUCK EINES HÄUPTLINGS!
SICHER DER ANFÜHRER DER SCHIFFBRÜCHIGEN.
„HA! ... DA SIND SIE...“

NEIN! NICHT SCHIESSEN! WIR FREUNDE!...
ABER?! SIE SIND... ENGLÄNDER?
AMERIKANER! MEIN NAME IST CYRUS SMITH UND ICH BIN DER LEITER EINER WISSENSCHAFTLICHEN EXPEDITION. AND YOU?

SPÄTER...
... UND SO FANDEN WIR UNS AUF DIESER INSEL WIEDER... ABER IHR ABENTEUER IST JA NOCH VIEL AUSSERGEWÖHNLICHER!
WISSEN SIE, SIE UND ICH, WIR SIND GÄSTE EINER GANZ UNBERECHENBAREN NATUR...
WAS MEINEN SIE DAMIT?
DAS BESTE IST, WIR HANDELN IMMER GEMEINSAM. DER FEIND, DER UNS AUFLAUERT, VERDIENT UNSERE VOLLE AUFMERKSAMKEIT.
SIE SPRECHEN IN RÄTSELN?!
DIE KRAKEN GREIFEN AN!!!
DIE KRAKEN GREIFEN AN! KRAH!! KRAH!!

UND JETZT, MEINE DAMEN, BITTE NICHT BEWEGEN!
Kapitel Sieben
Das SCHWARZE BUCH von KRETA

KRETA, PALAST DES KNOSSOS...
WAS FÜR EINE HITZE! ZWEI STUNDEN SCHON SIND WIR IN DIESEN RUINEN...
GEHEN SIE INS HOTEL ZURÜCK, SIGNORA... ICH KOMME SPÄTER NACH.
CON PIACERE! DA SAGE ICH NICHT NEIN!
ES WÜRDE MIR VERGNÜGEN BEREITEN, SIE IN DIE GESCHICHTE DIESES ORTES EINZUFÜHREN...

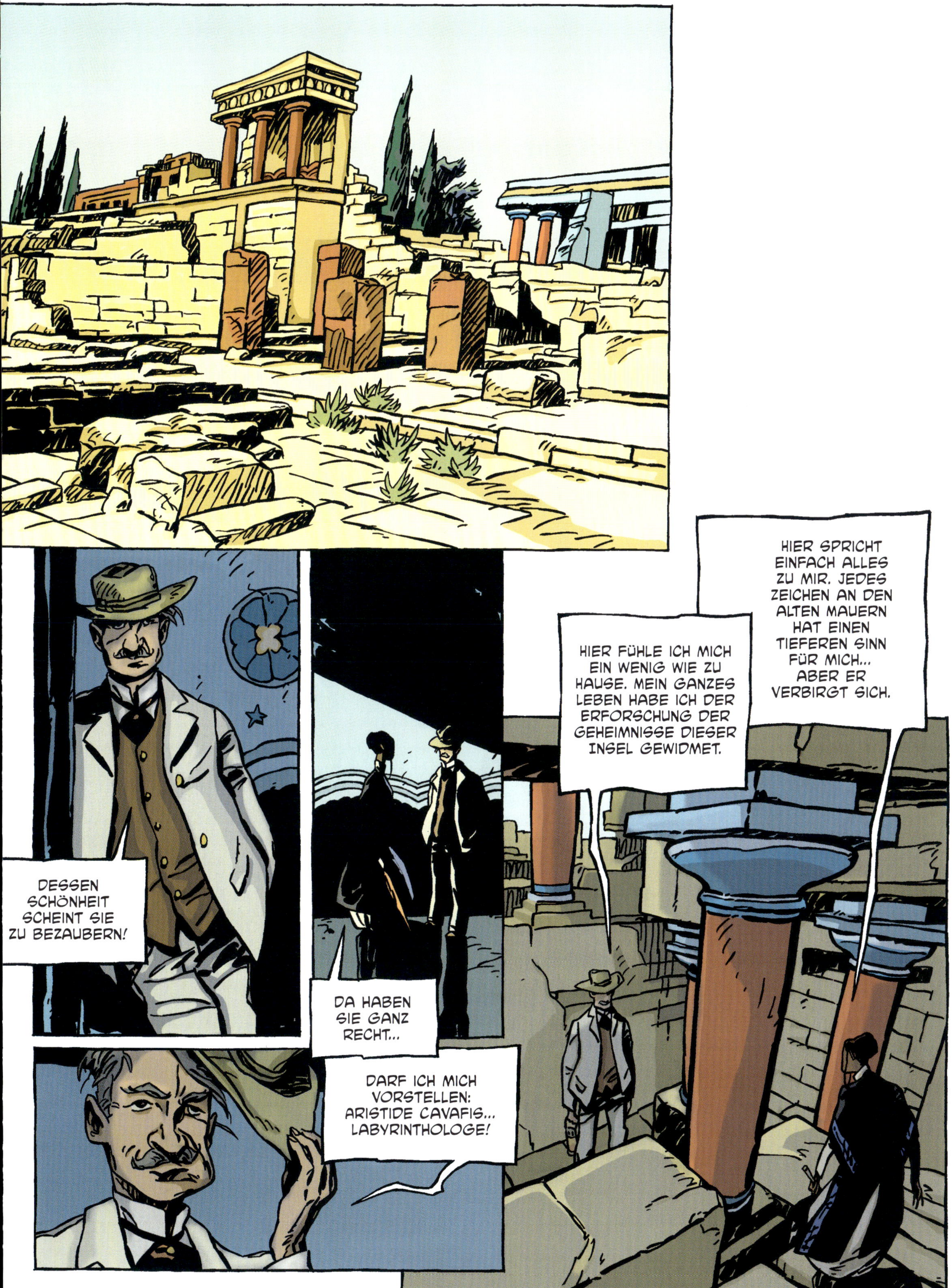
DESSEN SCHÖNHEIT SCHEINT SIE ZU BEZAUBERN!
DA HABEN SIE GANZ RECHT...
DARF ICH MICH VORSTELLEN: ARISTIDE CAVAFIS... LABYRINTHOLOGE!
HIER FÜHLE ICH MICH EIN WENIG WIE ZU HAUSE. MEIN GANZES LEBEN HABE ICH DER ERFORSCHUNG DER GEHEIMNISSE DIESER INSEL GEWIDMET.
HIER SPRICHT EINFACH ALLES ZU MIR. JEDES ZEICHEN AN DEN ALTEN MAUERN HAT EINEN TIEFEREN SINN FÜR MICH... ABER ER VERBIRGT SICH.

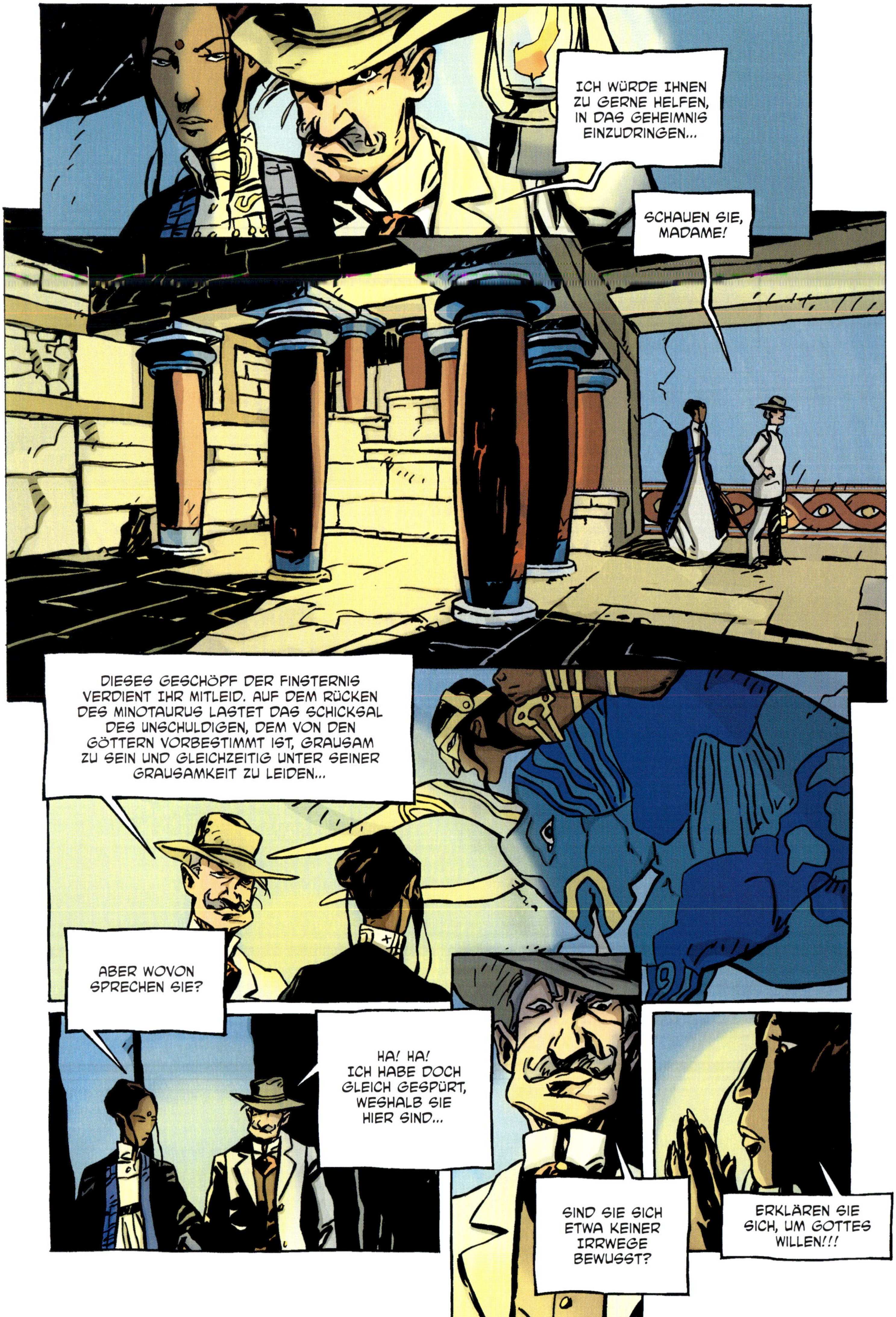
ICH WÜRDE IHNEN ZU GERNE HELFEN, IN DAS GEHEIMNIS EINZUDRINGEN...
SCHAUEN SIE, MADAME!
DIESES GESCHÖPF DER FINSTERNIS VERDIENT IHR MITLEID. AUF DEM RÜCKEN DES MINOTAURUS LASTET DAS SCHICKSAL DES UNSCHULDIGEN, DEM VON DEN GÖTTERN VORBESTIMMT IST, GRAUSAM ZU SEIN UND GLEICHZEITIG UNTER SEINER GRAUSAMKEIT ZU LEIDEN...
ABER WOVON SPRECHEN SIE?
HA! HA! ICH HABE DOCH GLEICH GESPÜRT, WESHALB SIE HIER SIND...
SIND SIE SICH ETWA KEINER IRRWEGE BEWUSST?
ERKLÄREN SIE SICH, UM GOTTES WILLEN!!!

NEIN, SIE SIND DRAN, MIR ALLES ZU SAGEN!
ICH DENKE, ICH KANN IHNEN VERTRAUEN... ICH BIN DIE PRINZESSIN MIKAH MAC MOFFAT. ICH KOMME AUS EINER SCHOTTISCHEN GRAFSCHAFT, WO ICH IN DER OBHUT EINES ADOPTIVVATERS AUFWUCHS...
DIESE INSEL, FÜRCHTE ICH, IST NUR EINE ETAPPE AUF MEINER SUCHE... DER SUCHE NACH MEINEM LEIBLICHEN VATER, DEN ICH NIEMALS KANNTE...
WIE LANGE SUCHEN SIE SCHON NACH IHM, PRINZESSIN?
SEIT ACHT JAHREN DENKE ICH AN NICHTS ANDERES MEHR...
ACHT JAHRE, SAGEN SIE? DANN GLAUBE ICH ZU VERSTEHEN. SIE WERDEN NICHT AUFGEBEN, BIS SIE IHR ZIEL ERREICHT HABEN!
WOHER WISSEN SIE DAS?
UNSCHULDIGE PRINZESSIN, SIE KOMMEN AUS DEM LABYRINTH NICHT MEHR HERAUS...

SCHAUEN SIE, MISTER SMITH, DIESE INSEL ZEIGT EIN SEHR EIGENWILLIGES MUSTER...
HMM... TATSÄCHLICH. ES SIEHT SO AUS, ALS SEIEN DIESE WEGE ENTWORFEN... WIE EIN...
EIN LABYRINTH! GENAU DAS WOLLTE ICH IHNEN SAGEN.
WELCHE BEDEUTUNG WÜRDEN SIE DIESEM MUSTER ZUSCHREIBEN?
WENN ICH NUR WÜSTE, WELCHEN SINN DIESE FUSSWEGE MIT IHREN VERÄSTELUNGEN HABEN!
VIELLEICHT KÖNNEN WIR IHNEN HELFEN, DAS GEHEIMNIS ZU ENTZIFFERN...

WER WEISS? MISTER SMITH. WER WEISS?...
SO IST DAS! SIE LASSEN SIE NICHT MEHR ALLEIN... ES WIRD IMMER SCHWIERIGER, DIE PRINZESSIN ZU BESCHÜTZEN...

GOOD LORD!
SCHON WIEDER...
DIESER HUND VON EINEM ZAUBERER WILL UNS ÄRGERN!!

HA!! HAHA!!
PAN!!
BEIM SATAN!! ICH BIN TOT...
WO BIN ICH? TRÄUME ICH NOCH IMMER?
FÜRCHTEN SIE SICH NICHT, PRINZESSIN...
WER SIND SIE DENN?

ICH BIN PRINZ DAKKAR...
SIE STEHEN GEGENWÄRTIG UNTER MEINEM SCHUTZ...
ICH WUSSTE GAR NICHT, DASS ICH IN GEFAHR BIN...
IHRE NACHFORSCHUNGEN HABEN DIE AUFMERK-SAMKEIT EINER MÖRDER-BANDE ERREGT... SEIT JAHRHUNDERTEN KÄMPFT MEINE FAMILIE GEGEN SIE... DAS SCHICKSAL HAT GEWOLLT, DASS SIE SICH AUSGERECHNET FÜR SIE INTERESSIEREN.
WER SIND SIE WIRKLICH, PRINZ?
SIE SOLLEN WISSEN, DASS IHRE SUCHE MIR NICHT FREMD IST...
SIE WISSEN, WESHALB ICH AUF DER INSEL BIN?
ICH KANN IHNEN HELFEN, SICH NICHT ZU VERLAUFEN.
DER LABYRINTHOLOGE SAGTE DAS-SELBE... ICH SUCHE MEINEN VATER!!

EIN BRENNENDES WURFGESCHOSS WIRD IN DEM RAUM GESCHLEUDERT UND ZWINGT SIE ZUR FLUCHT...
DIE MÖRDER SIND DA! IHR MÜSST FLIEHEN, PRINZ!!
BEEILT EUCH!
PAV!
ARMER YAKIM, DIE HUNDE HABEN IHN UMGEBRACHT...
DIESES MAL STEIGEN SIE WIRKLICH...
... IN DAS LABYRINTH!

KOMMEN SIE! ICH MUSS IHNEN ETWAS ZEIGEN...
HEUTE NACHMITTAG SIND WIR MIT DER NASE AUF DIESES MONSTER GESTOSSEN!
GÜTIGER HIMMEL!
DIE HARPUNE HIER STECKTE IHM IM SCHÄDEL... WIR JAGEN SOLCHE ART VON WILD GEWÖHNLICH NICHT.
ICH FÜRCHTE, DIESES ALBTRAUM-HAFTE TIER IST NICHT DAS EINZIGE AUF DER INSEL.
VERBARRIKADIEREN WIR UNS BESSER IN UNSEREM QUARTIER.
WUNDERN SIE SICH NICHT, WENN ICH MORGEN WEG SEIN SOLLTE. ICH MACHE EINEN ERKUNDUNGSGANG, DEN ICH IHNEN NICHT GE-NAUER ERKLÄREN KANN...
PASSEN SIE AUF SICH AUF...
DER JUNGE VERBIRGT UNS ETWAS...

JETZT SIND WIR IM HERZEN DES LABYRINTHS...
WIR HABEN ZWEI TÜREN ZUR WAHL. MÖGE GOTT UNS HELFEN!
SCHNELL! SIE KOMMEN!
JETZT IST UNSER SCHICKSAL BESIEGELT!!!

ABER?! WO SIND WIR?
DIE LANDSCHAFT SIEHT GANZ ANDERS AUS...
DAS IST UNGLAUBLICH... ABER ICH DENKE, WIR HABEN UNS WEIT VOM LABYRINTH ENTFERNT...
HAT UNS DAS ENGLISCHE MEDIUM EINEN BÖSEN STREICH GESPIELT? ICH DACHTE, WIR HÄTTEN IHN AUSGELÖSCHT!
DIE SCHAUMGEKRÖNTEN WELLEN ERINNERN MICH AN SCHOTTLAND... BIN ICH ETWA ZURÜCK AM AUSGANGSPUNKT?
AAAH!!!

MADAME, ICH HABE NOCH NIE ETWAS SO SCHÖNES GESEHEN WIE SIE!
WO IST DER PRINZ GEBLIEBEN?
WIR SIND ALLEIN, MADAME...
DER PRINZ HÄTTE NICHT VERSCHWINDEN DÜRFEN... WIR SIND DOCH EBEN ERST ANGEKOMMEN...
ICH WEISS... ICH SAH SIE ALLEIN AUS EINER GALERIE HERAUSKOMMEN... ICH... ICH HEISSE BERT.
WILLKOMMEN AUF DER INSEL, MADAME... ICH WERDE ALLES TUN, IHNEN DEN AUFENTHALT SO ANGENEHM WIE MÖGLICH ZU MACHEN!
ICH WÜRDE IHNEN GERNE GLAUBEN, ABER DAS VERSCHWINDEN MEINES BESCHÜTZERS ZWINGT MICH ANZUNEHMEN, DASS ICH IN GEFAHR BIN... AUSSERDEM HABE ICH DEN EINDRUCK, MEIN ZIEL BALD ZU ERREICHEN.
DARF ICH WISSEN, WIE IHR GEFÄHRTE HEISST?
PRINZ DAKKAR... ICH HABE IHN AUF KRETA KENNEN GELERNT... IM LABYRINTH DES KÖNIG MINOS...
ERLAUBEN SIE MIR ZU SAGEN, DASS ER SIE AUS DER UNDURCHDRINGLICHEN FINSTERNIS IHRER LANGEN IRRFAHRTEN HERAUSGEFÜHRT HAT...
WIE KÖNNEN SIE DAS WISSEN?!

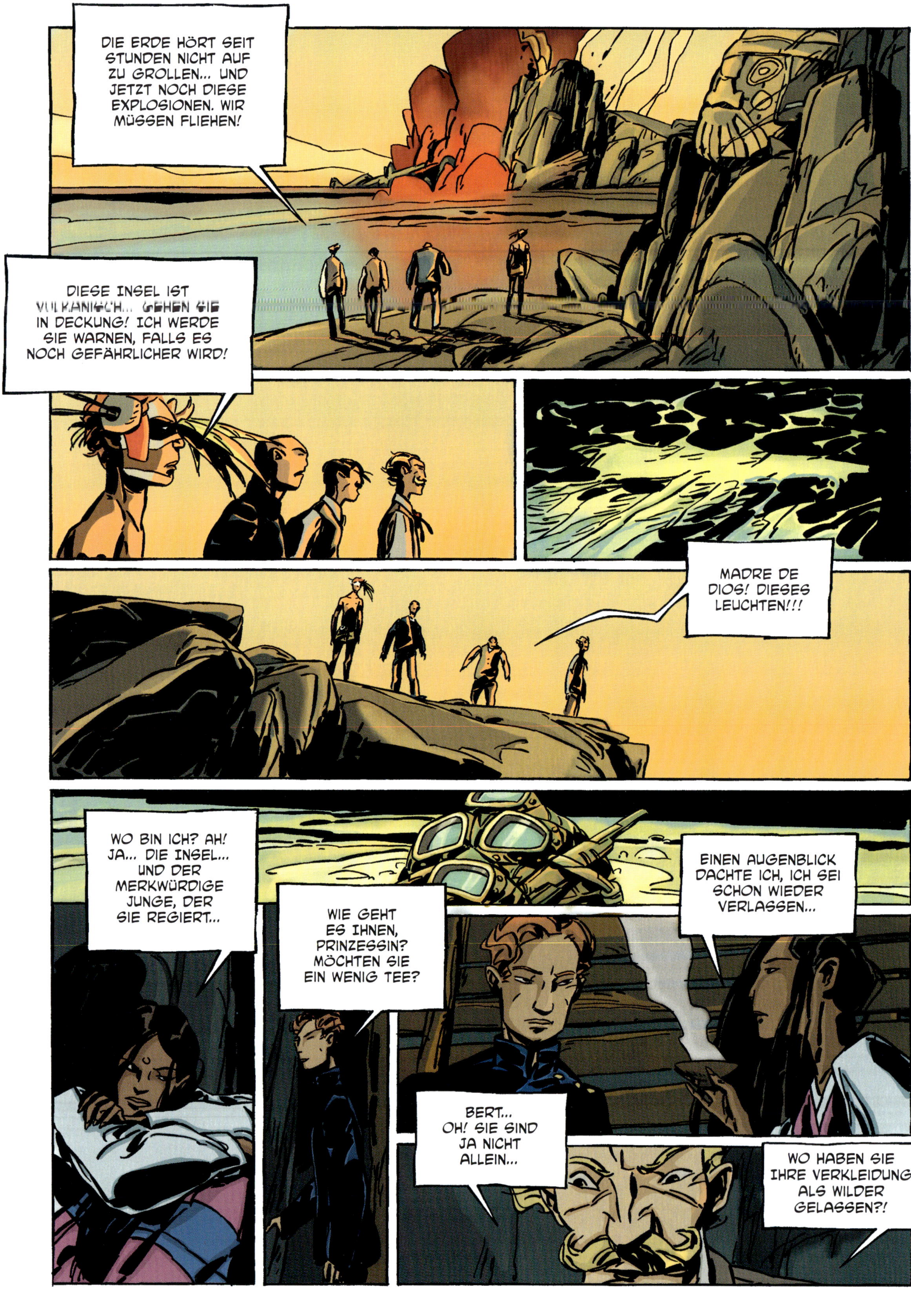
DIE ERDE HÖRT SEIT STUNDEN NICHT AUF ZU GROLLEN... UND JETZT NOCH DIESE EXPLOSIONEN. WIR MÜSSEN FLIEHEN!
DIESE INSEL IST VULKANISCH... GEHEN SIE IN DECKUNG! ICH WERDE SIE WARNEN, FALLS ES NOCH GEFÄHRLICHER WIRD!
MADRE DE DIOS! DIESES LEUCHTEN!!!
WO BIN ICH? AH! JA... DIE INSEL... UND DER MERKWÜRDIGE JUNGE, DER SIE REGIERT...
WIE GEHT ES IHNEN, PRINZESSIN? MÖCHTEN SIE EIN WENIG TEE?
EINEN AUGENBLICK DACHTE ICH, ICH SEI SCHON WIEDER VERLASSEN...
BERT... OH! SIE SIND JA NICHT ALLEIN...
WO HABEN SIE IHRE VERKLEIDUNG ALS WILDER GELASSEN?!

ICH WÄRE IHNEN VERBUNDEN, WENN SIE WÄHREND MEINER ABWESENHEIT FÜR DIE SICHERHEIT VON MADAME SORGE TRAGEN KÖNNTEN.
SIE KÖNNEN SICH AUF MICH VERLASSEN. ABER WOHIN GEHEN SIE?
NUN... GUT, KOMMEN SIE!
NUR EINE SACHE NOCH, MR. SMITH... SIE DÜRFEN WÄHREND UNSERER FAHRT KEIN WORT SPRECHEN.
WIE SIE WÜNSCHEN!

GOTT IM HIMMEL! DIE NAUTILUS... SIE EXISTIERT! IST ES MÖGLICH, DASS...
KEIN WORT, MISTER SMITH... SIE WERDEN GLEICH SEHEN!

TRITT NÄHER, BERT...
ICH DACHTE, ES WÄRE AN DER ZEIT, MEIN KLEINER.
WAS FÜR EINE FREUDE, SIE WIEDERZUSEHEN, KAPITÄN...
DICH IM VOLL-BESITZ DEINER KRÄFTE ZU WISSEN ERFÜLLT MICH MIT HOFFNUNG FÜR DIE ZUKUNFT...

DIE TAGE VON NEMO SIND GEZÄHLT... ABER ICH WOLLTE DICH EIN LETZTES MAL WIEDERSEHEN, UM DICH ZU BITTEN, AUF DIE JUNGE DAME AUFZUPASSEN, DIE MICH SCHON SEIT JAHREN SUCHT UND DIE AN MEIN HERZ ZU DRÜCKEN MIR DER MUT GEFEHLT HAT.
WENN DIE NAUTILUS MICH ZU MEINER LETZTER RUHESTÄTTE GEBRACHT HAT, DANN KANNST DU IHR SAGEN, IN EINEM FRÜHEREN LEBEN WAR ICH PRINZ DAKKAR. SAG IHR, HÄTTEN DIE ENGLÄNDER ANDERS ENTSCHIEDEN, HÄTTE ICH SIE AUFWACHSEN SEHEN KÖNNEN!
DU BIST DER HÜTER MEINES ANDENKENS. DU WIRST DIE EINGEBUNGEN DIESES VERNE ERGÄNZEN SO GUT DU KANNST.
ICH WÜRDE SIE GERN AUF IHRER LETZTEN REISE BEGLEITEN...
UNMÖGLICH! ICH HABE ANDERE PROJEKTE FÜR DICH!
NUR MEINE GETREUEN WERDEN MIR FOLGEN, WOMÖGLICH BIS NACH ATLANTIS.
SIE SIND NICHT SCHÖN ANZUSEHEN, ABER SIE WERDEN MIT MIR ZUSAMMEN REISEN... WOHIN GOTT UNS FÜHRT!

IN DREI TAGEN UND DREI NÄCHTEN WIRD DIE RASEREI IM UNTERGRUND DER INSEL AUFHÖREN. LEB WOHL!
LEBEN SIE WOHL, MEISTER!

IN DER WEITE ENTFERNT SICH DIE NAUTILUS
ZU IHRER LETZTEN REISE UNTER DEN MEEREN...